MARCO PAULO & ROBBERECHT

LA SMALA

2 PRISE DE TÊTE

DESSIN : MARCO PAULO
SCÉNARIO : THIERRY ROBBERECHT
COULEURS : STUDIO LEONARDO

casterman

DES MÊMES AUTEURS

La Smala
1 FAMILIALE POURSUITE
Éditions Casterman

http://www.casterman.com

ISBN 2-203-35637-5

Imprimé en Belgique par Casterman imprimerie s.a., Tournai. Dépôt légal : novembre 2000 ; D. 2000/0053/256.
Déposé au ministère de la Justice, Paris (loi n°49.956 du 16 juillet 1949 sur les publications destinées à la jeunesse).

OEIL POUR ŒIL, DENT POUR DENT

NON ! Ce soir vous ne sortirez pas en boîte ! Je veux que vous restiez ici !
Laisse tomber, j'ai une meilleure idée que le meurtre, on va essayer ma boîte de nuit virtuelle.
Voilààà, je vais brancher ton casque et je lance le programme boîte de nuit techno-funk.
Ça va faire deux heures que les enfants ne sont plus revenus à la charge. C'est inquiétant.
Ah ça ! Mais j'ai dit qu'ils ne sortiraient pas en boîte. Ils ne sortiront pas en boîte, même virtuelle.
Ils n'entendent rien et quand on les touche, ils sont persuadés qu'il s'agit de danseurs dans la boîte de nuit.
J'y vais !
Je ne vois ni Ronald ni Mag...
Heu... ici non plus.
Pfff... il fait une de ces chaleurs.
Heu... Bonjour madame...
Tu as vu à quelle heure tu rentres ?
Je te jure que je n'ai bu qu'un seul verre...

Vous désirez ?
Heu... je cherche mes enfants. Il est bientôt deux heures du matin. Il est temps de rentrer...
Cette boîte est interdite aux vieux ! Nous vous prions de sortir
Pas de problème.
Il suffit que je mette la main sur Mag et Ronald...
Vous faites une épouvantable erreur !
Je me plaindrai ! Et méfiez-vous. J'ai le bras long !
SPOP
TECHNO FUN
Merci Ronald. J'en avais marre : ça faisait une semaine que ton père rentrait à 4 heures du matin.
Mon virus anti-vieux a fonctionné à mort ! T'as vu à quelle vitesse j'ai éjecté papa !
EXIT.
Dommage qu'on peut pas l'utiliser dans la réalité.

L'AFFAIRE EST BOUCLÉE

PLATEAU TÉLÉ

MAC RONALD

Bon, je vais me coucher. J'ai une journée terrible demain !
Quoi ? Qu'est-ce qui se passe demain ?
Je voudrais m'acheter le nouveau Méga Tech Surfing Drive. C'est un logiciel qui vient de sortir. Mais c'est pas avec c'que tu m'files comme argent de poche que je pourrai me l'offrir.
Oui et alors ?
Et alors, j'ai trouvé un job chez Fast-Fat la chaîne de fast-food, quelques heures par semaine pour me faire des tunes.
Oouvaaah ! Toi, Ronald, tu vas faire des hamburgers ? Tu ne sais même pas te cuire un œuf ! Tu ne beurres même pas tes tartines ! C'est ta mère qui te nourrit à la cuillère !
Ils seront étonnés les clients de Fast-Fat ! Les hamburgers vont avoir une drôle de tronche de pain ! HAHA HA ! C'est trop drôle !
Hi Hi Hi Hi
Tu as été dur avec notre fils.
Pas du tout ! J'ai dit la vérité. Et puis c'est de ta faute s'il est comme ça...
Il est incapable d'ouvrir une boîte de ravioli sans ton aide. La seule chose qu'il connaît, c'est l'informatique !
Je n'ai pas été très sympa avec Ronald hier soir. Il faut pas mal de courage pour suivre des cours et travailler en même temps. Je vais l'encourager.
FAST-FAT
Ronald, je voulais m'excuser pour hier soir. Tu sais je...
Allez ! Au boulot les smala !
Les smala ?!?
Je suis venue lui donner un petit coup de main...
Le pauvre chéri ne s'en sortait pas avec les frites !

VAL, TU VAS JAMAIS CROIRE CE QUI M'ARRIVE. JE SORS AVEC JÉRÔME. HÉ HÉ...
DINGUE ! COMMENT TU T'Y ES PRISE ?
ÉCOUTE, C'EST COMPLÈTEMENT OUF ! ON S'EST CROISÉS À LA SORTIE DE L'ÉCOLE, ET LÀ IL M'A PROPOSÉ DE ME RACCOMPAGNER.
CONTINUE J'EN PEUX PLUS...
EH BIEN, ON S'EST INSTALLÉS DANS MA CHAMBRE, ET LÀ ON A PARLÉ DE TOUT ET DE RIEN... SURTOUT DE RIEN, HIHIHI...
COMMENT ! IL T'A EMBRASSÉE ?
ATTENDS ! IL M'A D'ABORD AVOUÉ QUE JE LUI PLAISAIS HUM... HUM...
J'AI TOUJOURS DIT QUE CE TYPE ÉTAIT CASANOVA !
ENSUITE, IL M'A PRIS LA MAIN... J'ÉTAIS TOUTE CHOSE...
PAS POSSIBLE, IL A LU « COMMENT DRAGUER EN VINGT LEÇONS » !
ENSUITE, HUM, SES LÈVRES SE SONT APPROCHÉES DES MIENNES...
OUI, J'AI COMPRIS ÇA, IL T'A EMBRASSÉE, MAIS ENSUITE ?
ENSUITE ? BEN J'EN SAIS ENCORE RIEN. TU SAIS IL N'Y A QUE QUELQUES SECONDES QUE JÉRÔME M'A EMBRASSÉE...
JE T'AI APPELÉE IMMÉDIATEMENT, JE VOULAIS TE L'ANNONCER LE PLUS VITE POSSIBLE...

ARTHUR FAIT UN CARTOON

LA VIE EST CRUELLE

NUIT BLANCHE

SUR LES NERFS

SUZY CHANGE SES BOUGIES

RÉVEILLÉS DE CONCERT

DRING
SMALA
SALUT, RONALD!
AH, CHARLES! CONTENT QUE TU SOIS VENU SI VITE.
JE SUIS SUPER EXCITÉ PAR CE QUE TU M'AS RACONTÉ AU TÉLÉPHONE...
BONSOIR M'SIEUR! BONSOIR M'DAME!
OUI, JE CROIS QUE JE VAIS RAMASSER UN MAX DE POINTS EN INFORMATIQUE...
VOILÀ, COMME JE TE L'AI DIT, J'AI TRAFIQUÉ UN PETIT LOGICIEL DE SÉCURITÉ ET JE PEUX PÉNÉTRER TOUS LES SITES SUR LE NET.
C'EST COMPLÈTEMENT DINGO!
ON VA ESSAYER LE SITE DE LA C.I.A.
CURIEUX DE VOIR ÇA!
CIA
TICKE TAC CLICKETIC
LOOK, ÇA MARCHE COMME SUR DES ROULETTES... VOILÀ LA LISTE DE LEURS AGENTS.
INCROYABLE! LEONARDO DI CAPRIO EN EST!
REGARDE, MAINTENANT ON VA ALLER SUR LE SITE DE LA BANQUE DE FRANCE... L'ACCÈS N'EST POSSIBLE QU'AVEC UN CODE DE 24 CHIFFRES.
ON DIRAIT UN COFFRE-FORT...
ÉVIDEMMENT, ON VA RIEN LEUR VOLER, C'EST PAS LE BUT.
ET VOILÀ LE TRAVAIL!
LA TÊTE DU PROF, DEMAIN!
AVEC TON LOGICIEL, TU VAS ÊTRE COOL EN INFORMATIQUE CETTE ANNÉE...
JE TE CROIS.

ODILON S'DÉFILE

Dis MAG, Tu Dois être Fière De Ton Père. Il est Devenu le Mec le Plus TENDANCE Du MOMENT !
J'IGNORAIS Qu'il était si Sexy !
Emilio
OUAIS C'est Cool !
BLOP!
NIGHT CLUB THE BOX
P&O
Moi AUSSI J'AIMERAIS BIEN QUE MON PÈRE DEVIENNE MANNEQUIN !
TU PARLES ! Plein De PORTES Doivent S'OUVRIR POUR TOI !
OH, C'est PAS TOUJOURS FACILE...
Qu'est-ce que Tu Veux Dire ?
THE BOX
THE BOX
PAR exemple, QUAND JE SORS EN Boîte COMME CE SOIR...
...eH Bien, J'ai l'impression de Rentrer chez Moi !

COUP DE VIEUX

...Priscilla regardait douloureusement l'homme qu'elle aimait, embrasser sa demi-soeur. Soudain, l'homme se retourna vers elle et lui jeta à la figure: "Qu'est-ce que tu attends pour nettoyer le carrelage? Alors Priscilla désira ardemment se noyer dans son seau d'eau sale...
Snif
JOURNAUX
Snif snif
ICI PARTOUT
L'AFFREUX SECRET DE LA PRINCESSE - SONIA -
SA TÊTE CONTINUE DE GROSSIR, SA PETITE COURONNE LUI RENTRE DANS LE CERVEAU.
BAVE
L'IMMON
L'APRÈS-MIDI
BÉRATION
Snif snif
Est-ce que Ross sait que l'enfant qu'il a élevé n'est pas le sien?
Non, je n'ose pas lui avouer que le véritable père de l'enfant est en fait Kenny, le père de Ross!
Snif
Tu veux dire que Trinité est sa soeur! C'est horrible!
SALUT M'MAN!
Vous avez passé une bonne journée, les enfants?
Plus ou moins. Ce matin on a raté le bus.
Vous... Vous avez raté le bus...
Vous avez raté le bus... C'en est trop! Snif, j'en peux plus! Je craaaque!
CRAC
Il s'agit d'une grosse dépression. Cette pauvre femme a beaucoup trop de soucis.
Je vais lui prescrire un bon paquet d'antidépresseurs.
Vous pouvez être fiers de vous!
Mais... on a juste raté le bus!

MAMAN A PRIS SON CALMANT

Dépêche-toi ! Ça va être elle !
J'ai prévenu tous les voisins...
La vidéo est branchée ?
Oui maman !
Tu as annoncé la nouvelle à tes copains ?
Oui papa !
Jessie Karma Show
Dans le cadre de notre concours « Place aux jeunes », voici Magali Smaia qui nous chante « Je me fous de tout ! ».
Je me fous du tofu...
Tu as prévenu tes copines ?
Évidemment ! Et toi, tes collègues ?
J'ai distribué des tracts à la sortie du bureau.
Bravooooo. Magali ! Quel talent !
Magali ! J'ai un cadeau pour vous, une petite surprise !
Ah bon ! C'est quoi ?
J'appelle sur ce plateau... les parents de Magali Smaia !
Vite Susy ! Mets ton manteau ! On va pas y arriver ! Ronald, appelle un taxi !
Mais je ne suis pas maquillée !
Hé ! Regardez !
Voici les parents de Magali !
C'est pas ma faute si les producteurs de l'émission ont estimé que vous n'aviez pas une tête à passer à l'antenne...

JEUNE FILLE AU PÈRE

COMME SUR DES ROULETTES

Allô, MADAME Suzy? ... Oui, c'est MAÎTRE RAVISHNAN À l'APPAREIL ...
Voilà, J'Ai REFAIT Tous Mes CALCULS, et Je Peux vous ANNONCER Avec CERTITUDE que LA FIN DU MONDE est POUR Ce SOIR À MINUIT...
UNE MAUVAISE NOUVELLE, MAMAN ?
TOP LÀ!
UNE NOUVELLE TERRIBLE LA FIN DU MONDE est POUR Ce SOIR !
Depuis le TEMPS, ÇA DEVAIT ARRIVER.
Si C'est lA FIN DU MONDE, AUTANT S'AMUSER UNE DERNIÈRE FOIS ! ON N'AURA PAS COURS DEMAIN.
OUAIS ! ON POURRAIT Peut-être Se RENDRE À lA Fête OÙ PAPA NOUS A INTERDIT D'ALLER.
FAITES Ce QUE VOUS VOULEZ, PROFITEZ DE VOS DERNIÈRES HEURES, les ENFANTS...
GÉNIAL TON PLAN CATASTROPHE !
Je Me DEMANDE Si FINALEMENT lA FIN DU MONDE...
... N'est PAS POUR Ce SOIR !

Oups!
Ah, vous tombez bien! Je vous annonce que c'est fini avec Olivier et je vous présente Bim, mon nouveau copain. On est total love!
Bonjour m'sieur dame, je confirme: total love!
Écoute Magali, je crois qu'il y a un petit probl...
Quoi! Quel problème? D'abord, je sors avec qui je veux! C'est un problème que Bim soit noir? Je savais pas que vous étiez racistes!
Mais...
Vous préfériez sans doute ce gros tas d'Olivier parce qu'il est bien blanc, européen et tout et tout...
Magali, écoute...
Vous êtes des pauv'gens! Des nazis! Vous prétendez que tous les hommes sont égaux, mais ce ne sont que des discours!
C'est pas ça!
Viens, ils n'ont qu'à se trouver un Olivier bien mou, bien bête et se l'empailler pour toujours...
... Nous avons essayé de lui dire que vous étiez là...
Snif
Snif
Boououou
Ce Bim, quel beau garçon!

ODILON SE FAIT MOUSSER

T'AS FAIT TON DEVOIR DE MATHS ?
MÉGAZUT ! J'AI OUBLIÉ ! CE WEE-KEND, JE ME SUIS FAIT L'INTÉGRALE DE CRAPAUDMAN !
PAF
IL VA FALLOIR DÉCLENCHER LE PLAN CATA. HEUREUSEMENT, J'AI APPORTÉ MON COSTUME AVEC MOI !
OK, JE PRÉPARE LE TERRAIN.
PRENEZ PLACE, LES ENFANTS !
MADAME, JE PEUX PAS TRAVAILLER, J'AI UN POIL DANS LA MAIN
Je ne supporte plus madame Fistule La Chaise
LE CORPS HUMAIN
EST-CE QU'ARTHUR SMALA EST PRÉSENT ?
au secours elle a de gros doigts
NON MADAME, IL EST À UN ENTERREMENT !
ENCORE ! C'EST LE SIXIÈME CE MOIS-CI
ON PEUT VOIR, MADAME ?
PAUVRE ARTHUR. IL N'A PAS DE CHANCE EN CE MOMENT !
ALLEZ, SOYEZ PAS ÉGOÏSTE. FAITES UN BON GESTE. VOUS ME PRENEZ DANS VOS BRAS ET J'ME CASSE.
PLEUREZ PAS SUR MA VESTE ELLE DOIT ENCORE SERVIR
TU VOIS BIEN QUE LE RENÉ ÉTAIT UN COUREUR. C'EST SON FILS NATUREL JE TE DIS !
À MON RENÉ

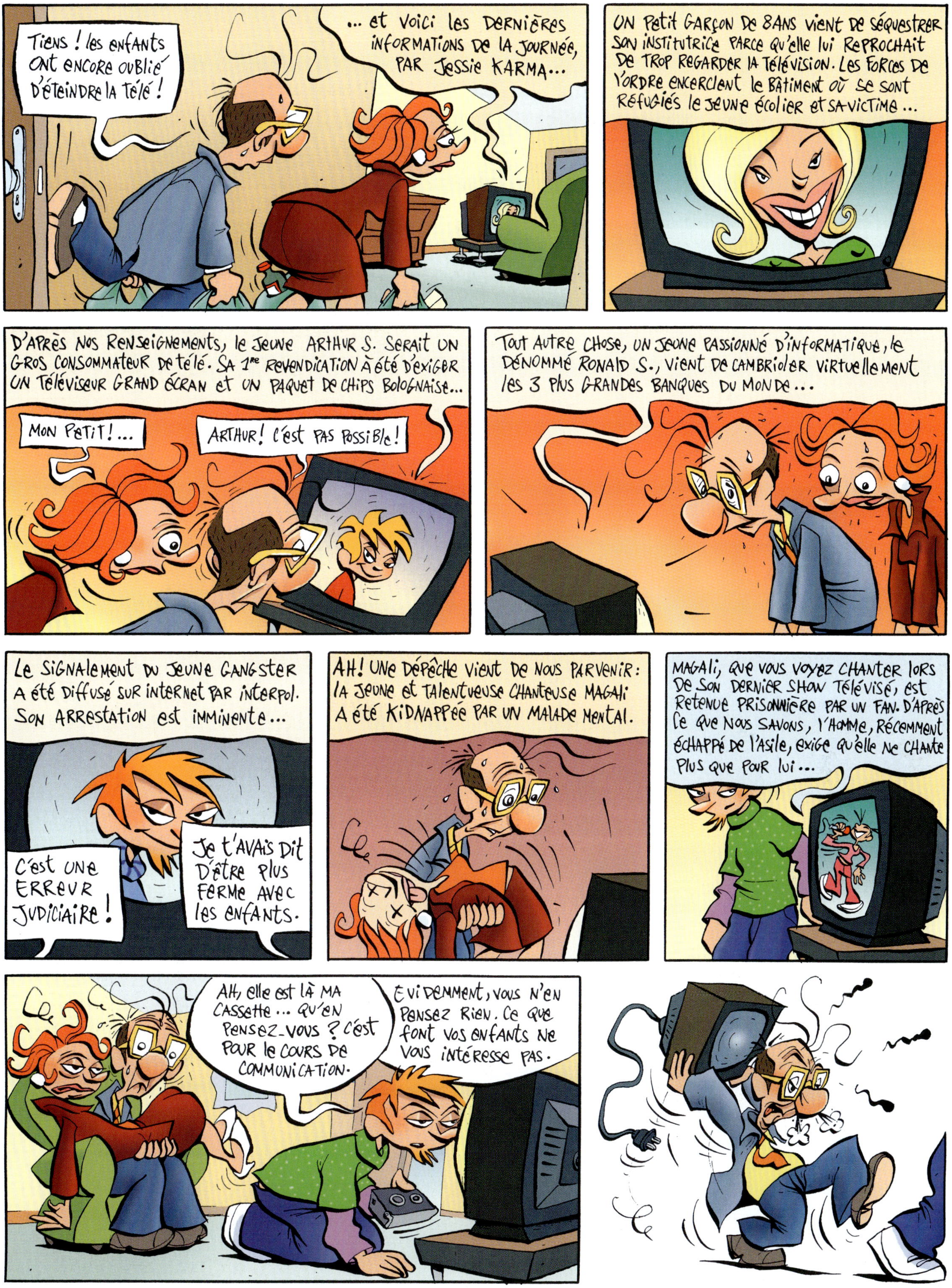
Tiens ! les enfants ont encore oublié d'éteindre la télé !
... et voici les dernières informations de la journée, par Jessie KARMA...
UN Petit GARÇON DE 8ANS vient De séquestrer son institutrice parce qu'elle lui reprochait de trop regarder la télévision. Les forces de l'ordre encerclent le bâtiment où se sont réfugiés le jeune écolier et sa victime...
D'APRÈS NOS RENSEIGNEMENTS, le jeune ARTHUR S. serait un gros consommateur de télé. SA 1re revendication a été d'exiger un téléviseur grand écran et un paquet de chips bolognaise...
MON PETIT !...
ARTHUR ! C'est pas possible !
Tout autre chose, un jeune passionné d'informatique, le dénommé RONALD S., vient de cambrioler virtuellement les 3 plus grandes banques du monde...
Le signalement du jeune gangster a été diffusé sur internet par interpol. Son arrestation est imminente...
C'est une erreur judiciaire !
Je t'avais dit d'être plus ferme avec les enfants.
AH ! UNE DÉPÊCHE VIENT DE NOUS PARVENIR : la jeune et talentueuse chanteuse MAGALI a été kidnappée par un malade mental.
MAGALI, que vous voyez chanter lors de son dernier show télévisé, est retenue prisonnière par un fan. D'après ce que nous savons, l'homme, récemment échappé de l'asile, exige qu'elle ne chante plus que pour lui...
AH, elle est là ma cassette... qu'en pensez-vous ? C'est pour le cours de communication.
Evidemment, vous n'en pensez rien. Ce que font vos enfants ne vous intéresse pas.

Encore un peu de tac, Madame Duchemin ?
Tic tac
Tic tac
Non merci, Madame Smala. Il est un peu fort pour moi.
J'...
J'ai...
Je suis contente d'être sourde, avec tout ce qu'on entend...
Vous avez raison...
Vous dites ?
...Je vous parle de ma jeunesse avant guerre ...
Celle de 40 ?
Tout...
Non ma petite, celle de 1870.
Ah, c'était le bon temps ! Dix ans de moins et je vous contais fleurette.
Quand Youki est mort, je l'ai fait empailler. Vous ne trouvez pas qu'on dirait qu'il va parler ?
...compris...
Je n'en peux plus !
C'est bien Derrick mais l'épisode vient de se terminer.
C'est comme moi, sortons vite de cette soirée virtuelle !
Mais ils essayent d'enlever leurs casques ! C'est les parents tout crachés ça !
Tu parles ! Pour qu'ils ne soient pas dérangés je leur ai proposé une soirée virtuelle spéciale cocooning et ils en ont déjà marre !
Vous avez bien fait ...
... d'attacher leurs casques !

DÉPASSÉ

MAIS QU'EST-CE QU'ILS FICHENT, CES GOSSES?
CALME-TOI, MON MINOU!
CHAQUE MATIN C'EST LE MÊME CIRQUE, ILS NE PEUVENT PAS SE LEVER!
TAC
ARTHUR! LÈVE-TOI! JE T'AI DÉJÀ APPELÉ IL Y A PLUS D'UNE HEURE!
DEBOUT! LA VIE CE N'EST PAS TOUJOURS ÉCOUTER DES DISQUES JUSQU'À 5 HEURES DU MAT
CE N'EST PAS EN DORMANT TOUTE LA JOURNÉE QU'ON DEVIENT QUELQU'UN!
GRUMPH
C'EST UNE HONTE! ILS N'ARRIVERONT JAMAIS À RIEN!
SALUT P'PA!
BONNE JOURNÉE MON PAPOUNET!
PÎÎP
PÎÎP
BONJOUR PAPA!
J.K
JESSIE KARMA SHOW
MA SEULE CONSOLATION, C'EST QUE JE NE DOIS PAS M'INQUIÉTER POUR MES GOSSES. MÊME EN DÉMARRANT TRENTE ANS APRÈS MOI, ILS ARRIVERONT TOUJOURS PLUS VITE ET PLUS LOIN...
UN P'TIT COUP, CAMARADE?
SANS SOIF

JEUDI
VOUS ÊTES TROP NULS !
VLAMS
VENDREDI
JE PEUX JAMAIS RIEN FAIRE !
SLAM
SAMEDI
Y EN A MARRE !
VOUAM
DIMANCHE
JE VOUDRAIS ÊTRE LA FILLE DE QUELQU'UN D'AUTRE !
BLAM
LUNDI
VOUS ME TRAITEZ COMME SI J'AVAIS QUATRE ANS !
VLAN
GLOUGLOU
PSHAHHH
MARDI
BAVE
TIENS, ON DIRAIT QUE LA CRISE EST PASSÉE, JE N'AI PAS ENTENDU CLAQUER DE PORTE AUJOURD'HUI...
BAVE
OUI, SI ON VEUT... EN FAIT, MAG DORT CHEZ VAL CE SOIR. ELLE A L'INTENTION DE SE FAIRE ADOPTER PAR SES PARENTS. ILS SONT TELLEMENT SYMPA, EUX !

BRANCHÉ DISCO

MAÎTRE RAVISHNAN, JE NE PEUX PLUS VOIR MON VISAGE DANS UN MIROIR. JE SUIS TELLEMENT VIEILLE ET LAIDE.
QUEL VISAGE AIMERIEZ-VOUS ARBORER ?
CELUI DE MAGALI, MA FILLE ! SANS HÉSITATION !
RIEN DE PLUS SIMPLE, MA CHÈRE SUZY. CELA VOUS COÛTERA UN PETIT SUPPLÉMENT, VOILÀ TOUT. AVEZ-VOUS UNE PHOTO DE VOTRE FILLE ?
EN VOICI UNE AVEC TOUTE LA FAMILLE.
FRIC FRIC
DORMEZ ET PENDANT VOTRE SOMMEIL, JE M'OCCUPE DE FAIRE LE NÉCESSAIRE.
IBRA
QUOI ? HEIN ! QU'EST-CE QUE C'EST QUE ÇA ?
QUE SE PASSE-T-IL, ODILON CHÉRI ? TU T'ES CASSÉ QUELQUE CHOSE ?
REGARDE CE QUI M'ARRIVE ! ON M'A JETÉ UN SORT !
HEU... ÉVIDEMMENT, C'EST ENNUYEUX POUR SE RASER.
C'EST INCROYABLE ! J'AI VOULU REMETTRE DU ROUGE À LÈVRES ET J'AI VU ÇA !
ET MOI J'AI TROUVÉ LA TRONCHE DE MON PÈRE, HEUREUSEMENT QUE LES POTES M'ONT CERTIFIÉ QUE J'ÉTAIS LE MÊME.
C'EST DE LA SORCELLERIE !
QUI A BIEN PU FAIRE ÇA !
HÉ J'AI LA TÊTE DU CHAT !
JE CROIS QUE C'EST DE MA FAUTE...
... ALORS IL A FAIT DE LA MAGIE NOIRE POUR ME DONNER UN PLUS JOLI REFLET. JE RECOMMENCERAI PLUS !
PLIC
EH BLIEN, JE CROIS QUE TLOUT EST LENTLE DANS L'ORDLE.

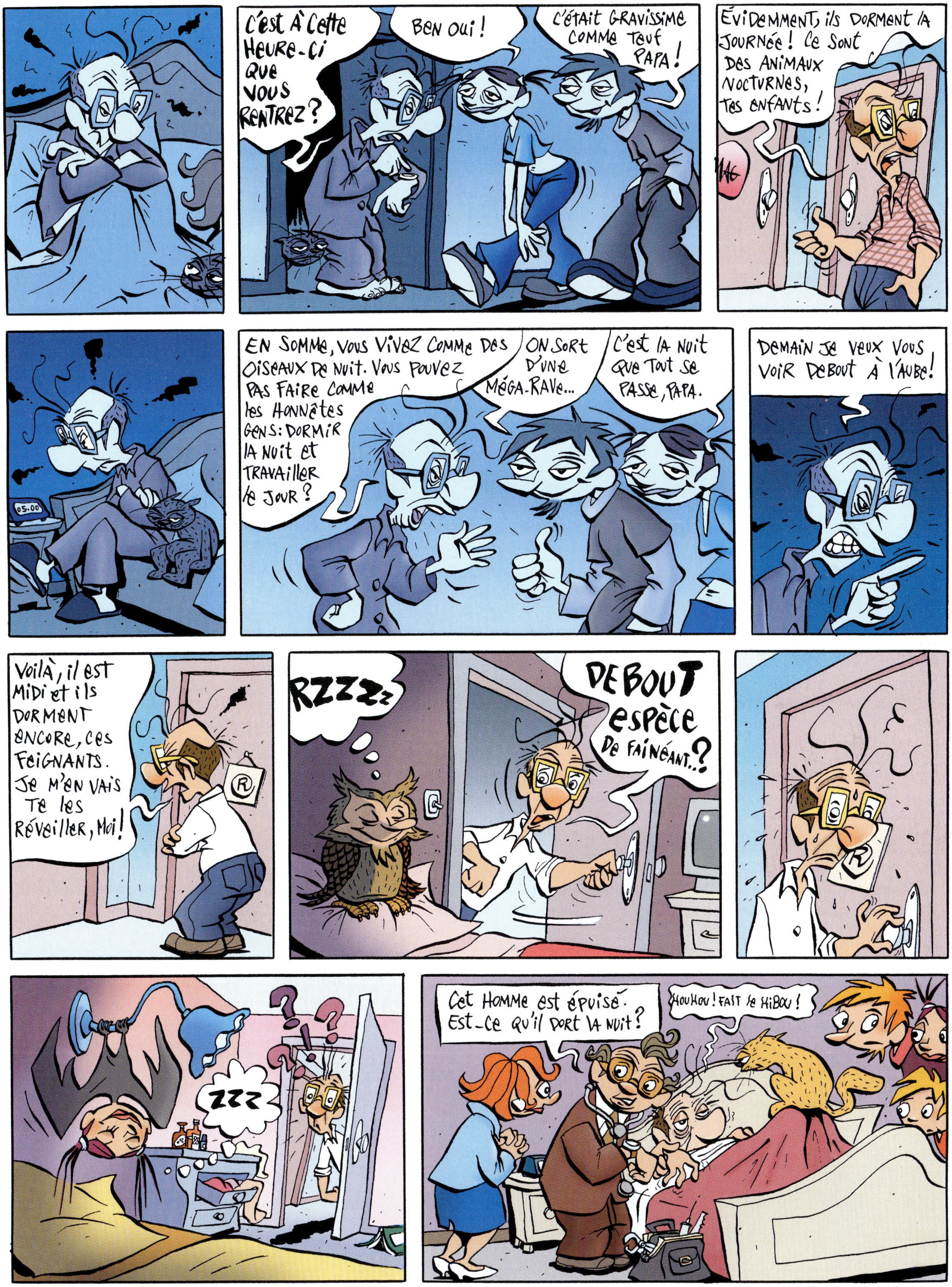
C'est à cette heure-ci que vous rentrez ?
Ben oui !
C'était gravissime comme teuf papa !
Évidemment, ils dorment la journée ! Ce sont des animaux nocturnes, tes enfants !
En somme, vous vivez comme des oiseaux de nuit. Vous pouvez pas faire comme les honnêtes gens : dormir la nuit et travailler le jour ?
On sort d'une méga-rave...
C'est la nuit que tout se passe, papa.
Demain je veux vous voir debout à l'aube !
05.00
Voilà, il est midi et ils dorment encore, ces feignants. Je m'en vais te les réveiller, moi !
RZZZzz
DEBOUT espèce de fainéant..?
ZZZ
Cet homme est épuisé. Est-ce qu'il dort la nuit ?
Hou hou ! fait le hibou !

Je suis libre de t'aimer
MAGALi !
ibre de courir
MAGALi ! C'est moi, TON PèRe !
LiBRe De MOURiR
Poussez-vous, Je suis son Père !
LiBRe De Te QUiT
MAGALi ! Il faut que Je te parle ! C'est URGENT !
EXCUSEZ-MOi ! Quelqu'un M'APPORTE UNE NOUVELLE iMPORTANTE.
Je suis very sorry ! Nous reprenons dans quelques secondes.
MAGALi ! MAGALi ! Écoute !
ALORS QUOi ? Qu'est-ce qui se passe ? MiCHAEL JACKSON M'A DEMANDÉE EN MARiAGE ? STiNG A LAiSSÉ UN MESSAGE ? JE FAiS LA PREMiÈRE PARTiE DE MADONNA ?
PARDON ! PARDON !
MAGALi, JE T'AVAiS DEMANDÉ DE RANGER TA CHAMBRE !
UNK

Et voici le...
Jessie KARMA SHOOWwww
Vous êtes encore vautrés devant cette télé ! Vous ne sentez pas que ça vous ramollit le cerveau ?
Je ne veux plus vous voir devant la télé quand je rentre du boulot !
M'enfin P'pa !
Voyons papa !
Allez papa !
CLAC
Dorénavant, vous serez dans vos chambres, en train de faire vos devoirs !
Si ce soir, ils sont encore affalés devant la télé, ils vont m'entendre !
Et voilà le travail !
De temps en temps, les gosses ont besoin de se faire tirer les oreilles.
Héhéhéée, mais c'est l'heure du Jessie Karma Show !
Le Jessie KARMA SHOOOWww
ON
Aujourd'hui "Notre père est un tyran"
Nous vous attendions, Monsieur Smaia !

J'Ai UNE MAUVAISE NOUVELLE POUR TOi, J'Ai ROMPU AVEC BRUNO...
Ce N'est PAS UNE MAUVAISE NOUVELLE MAGALi, TU FAIS Ce QUE TU VeUX De TA Vie...
...ET le Fait QUE BRUNO Soit le Fils De MON DiRecteUR N'A AUCUNE iMPORTANCE.
TU SAIS MAGALi, MON DiRecTeUR et MOi NOUS SOMMES DeS ADULTES...
Ce QUi Se PASSe eNTRe NOS eNFANTS N'A AUCUNe iNFLUeNce SUR NOS RelATiONS.
Il SAiT BieN QUe Je Ne SUiS PAS ResPONSABle DeS SOMBReS HiSTOiReS D'AMOUR De MA Fille.
CRONCH
CRONCH
ODiEON!
COMMENT VOTRe Fille A-T-elle OSé NOUS FAIRe ÇA ! Elle AiMe VOiR PleUReR MON fils, C'EST ÇA Hein ? ET VOUS AUSSi SMALA VOUS AiMEZ Me VOiR SOUFFRiR...
CRUelle FAMille!

PAPA NOËL

...QU'EST-CE QUE TU FAIS?
TU LE VOIS BIEN. J'ENFILE MON DÉGUISEMENT.
IL FAUT MAINTENIR LES TRADITIONS. TU VERRAS, J'APPARAÎTRAI DANS LA CHEMINÉE À L'HEURE DU PETIT DÉJEUNER...
BONNE IDÉEZZZZ
HAHAHA! JE SUIS SÛR QU'ILS SONT DÉJÀ RÉVEILLÉS, TOUT EXCITÉS.. AH LES GOSSES...
BON, JE CROIS QUE C'EST L'HEURE.
HUMF
ZUT JE SUIS COINCÉ PAR MA HOTTE!
CRAC
MAMANNN
J'AI BIEN PEUR QUE TU NE SOIS OBLIGÉ DE REMONTER, RONALD FAIT SA TOILETTE ET MAGALI EST RENTRÉE TARD, ELLE DORT ENCORE.
MOI JE TROUVE QUE LE PÈRE NOËL C'EST RINGARD. TU DEVRAIS TE DÉGUISER EN GODZILLA...
ET TU ME FERAS LE PLAISIR DE NETTOYER TES COCHONNERIES.

UN TYPE SÉRIEUX

À quoi tu penses ? T'as l'air inquiet.
Je viens de me rappeler qu'il y a deux mois, à l'école, j'ai raconté que mon bulletin n'était pas signé parce que mon père était mort !
Et ça a marché ?
Impec ! Ils m'ont donné une semaine de congé.
Ouaw ! C'est cool ça !
Et ça craint, parce qu'aujourd'hui, c'est la visite des parents à l'école.
Ah ! Pas cool ça !
Y a plus qu'à prier Bart Simpson que tout le monde ait oublié.
Un mort-vivant !
Aaarrgh ! J'ai collé son fils ce matin !
Ksssss
Ksssss
Heu... excusez-moi... J'ai oublié de frapper...
?

LE BIG BISOU

MAGALI ! Quelle SURPRISE ! VOUS VENEZ VOIR AUSSI le film « Toute à Toi » ? TON PÈRE A HÉSITÉ À VENIR. IL DIT QUE C'EST UN FILM POUR LES JEUNES.
JE LE PENSAIS AUSSI MOI.
JE SENS QUE CE FILM VA ÊTRE SUPER !
TES VIEUX QUI VIENNENT VOIR UN FILM DE JEUNES, C'EST DINGUE !
BIZ
SZURP
SMAK
BIG
BLIIZ
ZOUUUUU
SMOG
WIZZZ
CROK
BLOP
ODILON ! QU'EST-CE QUE T'ATTENDS ?
MIAM
SBIZOU
SMIXOU
BIZ
FINALEMENT IL ÉTAIT TRÈS BIEN CE FILM
C'EST UN NAVET !

LARGUEZ LES AMOURS

RAVE D'ENFER

Mais... Qu'est-ce que c'est que tout ce vacarme !
C'est pas vrai ! Elle a quand même organisé sa super méga-rave !
Oui, et elle va m'entendre !
PARDON !
Mes HAVANES !
Ce chapeau m'appartient, mademoiselle !
Bon où est Magali ?
MAGALI !
J'ai deux mots à lui dire !
Keské vouvoulé ?
Nous aimerions parler à ma fille Magali !
Magali, Magali ?... Une gonzesse plutot mignonne avec des couettes ?
Oui c'est elle !
C'est pas ici, elle habite au-dessus avec ses vieux.
HA ?
clic clic clic clic clic

MARS ATTACK !

AAAH !
MON DIEU !
SUZY ! SUZY ! AU SECOURS J'AI LES CHEVEUX VERTS !
AAAH ! TOI AUSSI !
BONJOUR PAPA, BIEN DORMI ?
CE N'EST PAS PO... POSSIBLE, VOS CHEVEUX ! ...
BEN QUOI, NOS CHEVEUX SONT VERTS.
ON A TOUJOURS EU LES CHEVEUX VERTS !
REGARDE BADA !
MAIS PAPA, DANS LA VIE, TOUT LE MONDE A LES CHEVEUX VERTS !
OUF !
TU N'AS PAS L'AIR BIEN.
LA NUIT A ÉTÉ HORRIBLE... JE CROIS QUE C'EST À CAUSE DU THÉ QUE RONALD M'A FAIT HIER SOIR.
C'EST BIZARRE ! PAPA NE DIT PLUS RIEN POUR LES CHEVEUX DE RONALD.
STEVE, TA TISANE ANGOISSANTE EST UN SUCCÈS. IL A CAUCHEMARDÉ TOUTE LA NUIT, ET CE MATIN AUCUN PROBLÈME POUR MES CHEVEUX.
JE T'EN REFILERAI POUR TON PIERCING SUR LA LANGUE.

OBSESSION

Je ne sais pas ce que j'ai, mais j'ai l'impression que des gens m'observent dans ma propre maison...
Des dizaines de regards dans mon dos... Vous croyez que je deviens fou ?
Mais non, mon chéri
Tu ressens peut-être les tensions de nos examens.
Ouais ! On étudie tous les soirs comme des dingues et ça te rend nerveux.
Que je vomisse que tu vomisses qu'il vomît ...
Ce soir encore nous allons au cinéma pour vous permettre d'étudier à l'aise.
Et pour échapper à tous ces inconnus qui me regardent. Je sens leurs yeux dans mon dos.
Très bien, moi je retourne au bagne.
Et moi, à mon martyre...
Que nous grattassions que vous grattassiez qu'ils grattassent.
C'est fou, à peine dans le couloir, je me sens déjà mieux !
Zut, j'ai oublié les clefs de la voiture.